屋根にのった象

野のあざみ

屋根にのった象

洪水で故郷を追われた象

ぼくは遠いアフリカの地で生まれた象。

そこはキリマンジャロがずっと遠くに見える赤道近くのサバンナだった。近くには湖があり川が流れ、めぐまれた平和な草原だった。

ぼくには母と兄がいて、おばさん達の家族といつもいっしょに暮らしていた。父はいなかったけど、大家族で草原を歩きまわり、幸せな毎日だった。

草原にはライオンやトラなどのこわい動物がたくさんいた。

けれど一度もおそわれたことがなく、とても平和だった。

ぼくたちの大家族はいつも一緒で、助けあいはげましあって暮らしていた。毎日がとても楽しく、悲しみなんて知らなかった。

小さな動物たちは、ぼくたちの群れを見ると近寄って来ない。

遠くからながめ木立の中へにげこんでいた。

「ぼくたちはいじめたりしないのに！」と言うと、

「身体が大きいし鼻が長いから、強くておそろしいと思っているのだね」と母は言った。

ぼくたちは草食動物だから生き物を食べたりはしないのだけど、何と言っても身体の大きさと力は他の動物に負けなかった。

だから他の動物と仲良くはできなかったんだ。


今までにない大雨の日が続いた。

いつもは水量の少ない川がみるみる大河となって、草原は洪水の中に姿を消してしまった。

多くの動物たちが森ににげこんだ。

そうして小さな動物から次々とだく流にのまれていき、ぼくは悪い夢を見ていると思った。

悪い夢は次の日も、その又次の日も続いた。

気が付けばぼくは家族ともはなればなれになって、ぼく一人で目的もなく前に進むしかなかった。

悲しいよりこわくて、一生けんめい歩いた。どれほど歩いたか、もう歩く気力がなくなっていた。

「ここで少し休もう」と森のはずれで、ぼくはたおれてしまった。

気がつけば知らない草原。

ほかにも洪水で助かった動物たちが、大切に守られていた。

ここは大きな動物公園だった。

「象やきりんのような大きい動物のほご施設だよ」

と、しいく員が言った。あの大雨は何十年ぶりかに洪水を引き起こし、たくさんの動物がぎせいになったんだ。

しいく員やじゅう医、たくさんの人が動物公園で働いていた。

ここに来て初めて「人」を見た。男の人、女の人、色が白くて金ぱつの人、色が黒くてたくましい人。人はやっぱり動物なのかなあと、ふしぎな気持ちでながめていた。

その時、たくさんの人がやって来た。世界中の新聞社の人達だそうだ。話す言葉がずいぶん違うのに、みんなが理解しあっていておどろいた。

そうしてぼくも、その会話が少し理解できるようになった。

「スター、来なさい」ぼくを呼んでいる。

ぼくは「スター」と名づけられた。

人は名前を付けることもわかった。

なぜか逃げる気持ちにはならない。なぜなら少しもこわくなかったから。ぼくはどうして生きていくかもわからず、ここで暮らす方が良いと思った。

初めて人を見たとき、ふしぎな生き物だと思った。

人はやさしく、象のぼくにもことばで教えてくれる。

人の手の動きや足の動きと、ことばで、自分が何をしなければならないかがわかる。まちがえるとていねいに教えてくれた。

何度かまちがえると、少し大きな声で「スター」と呼び、きつく怒られました。

このときは少しこわく、これから注意しようと思った。

ぼくが一番たくさん写真をうつされたようだ。

その写真は新聞にけいさいされ、世界中の国々に、洪水の被害にあった動物として紹介された。

でもぼくには、世界がどんなに広いのかまったくわからない。

そんなある日、ぼくの写真ばかりとるカメラマンが現れた。

「おれは日本の写真家で、野原伸次っていうのさ。よろしくな」

と言って鼻をなでてくれました。うれしくなってあいさつのあく手のかわりに、鼻で伸次さんのかたをたたいたら、

「痛いぞ!」と笑いながらいった。

それからときどきやって来て、「かわいいやつだなあ」と鼻をなでてくれたので、

「おれはなあ、おまえの写真集を日本でだすんだ。子供達はみな象が好きだから、きっと大よろこびするよ」

写真集ってなにか知らないけれど、子供達がよろこぶっていいことだと思った。

動物公園は広々として好きに歩きまわれ、ライオンやトラなどのエリアとは金網で仕切られていました。

その中をジープが走り、観光客が写真をとることもあった。

けがをした動物がトラックにのせられ、運ばれて行くのも見かけた。じゅう医としいく員の大声におどろく動物がいたり、動物たちの争いもあった。けれどぼくにとって、平和に生きていける所だった。

ただあまりにも平和で、自分が象であることを忘れそうだった。

ふざける友もいないし、食べて眠るだけの日々がつまらなかった。でもあの草原にはもどれないことだけはわかっていた。

でも、どうせ母も兄もいないなら、ここで暮らせるほうがよかった。

時々観光客がジープで通るし、カメラを持った人達が「おいスター、写真をとるぞ」と声をかけて遊んでくれる。

ここにいればきっと楽しい毎日が過ごせるに違いないと、スターは思った。

屋根にのった象

大阪のある町に、野原伸次の家があった。

自動車も人の通りも少なく静かな町だった。

一年前に新築したばかりの伸次の家は、古い町のはずれにあって目立っていた。

二階建ての一階部分の屋根に、グラスファイバーでつくったアフリカ象「スター」を乗せたからだった。

伸次はどうしても「スター」を自分の家の屋根にのせたかった。

すっかり出来上がった象は高さ二メートル以上あったが、屋根に乗ると小さく見えた。

道をへだてた向かいの家の二階からは、真正面に見えた。

そこから象が生きているように見えるのに気付いたのは十才の男の子だった。

名前はさとるといい、その象がとても好きになった。

友達が出来たようなうれしさだった。さとるはよく病気になる少年だった。

両親はどうかして元気な男の子になって欲しいといつも願っていた。けれど学校から帰ると部屋にとじこもって、本ばかり読んでいる子供だった。

自分の部屋から象が見えるようになってから、帰宅すると象ばかりながめていた。

お母さんが「象が好きなの？」と聞けば、

「大好きだよ。とってもかわいいもの」

なるほどかわいい目をしていた。

象を見るようになってから、さとるは少しずつ明るく元気になっていった。相変わらず帰宅後、象を見ては本を読み、本を読んでは象をながめる毎日。

そして象を笑顔でじっとながめていたりした。

ある日友達が遊びにやってきた。小学校に入学して初めてのことだった。

さとるは友達を二階の自分の部屋につれていって、

「ほらね、象がよく見えるだろう?」

「本当だ、かわいいなあ」

と二人は楽しそうに話をしていた。

お母さんはさとるの笑顔にびっくりした。

その友達はときどきやってきて、象を見ながら楽しそうに話をするようになった。

「たけちゃんとは気が合うんだ」

とさとるがめずらしくお母さんに話を始めた。

時々やってくるその友達のことを、

「竹丘君だよ。あの象を見て趣味が似てることを知ったんだ。話をしていても楽しいんだ。学校でもよく話しするよ。今度休みにどこかへ行こうと言ってるんだけど、いいよね」

「いいわよ。さとるに友達ができて、お母さんはうれしいのよ」

本当にお母さんはうれしかった。


仲次には屋根の上の象は、さびしそうに見えた。いつも空ばかりながめている。めだつようにと屋根にのせたが、スターは気に入っているのだろうか。

二階のベランダからは、スターの姿が目の前にある。

仲次は朝夕ながめて、声をかけていた。スターはいつも変わらなかった。

「これでよかったのかなあ……」

と、少し心配になっていた。

ある日前の家の二階の窓に、スターを眺めている少年がいた。

知り合いの久保さんの家の子供のようだ。

「この子は知らないなあ……」

（あの頃、久保さんの息子洋一は大学を出てしゅう職したと聞いていた。洋一さんの子供だ）

仲次は思い出していた。

窓から顔をのぞかせ、話かけるような目でスターをじっと見ている。さとるは仲次には気がついていない。

しばらくして「バイバイ」と手をふり窓をしめた。

「スターに友達ができたのだ!」

よかった、こんな友達を想像していなかった仲次はうれしくなった。

次の日の朝も少年が窓からスターを見ていた。

いつも見てるのか……ますますうれしくなった。

「スターはひとりぼっちじゃない!」

さとるは登校前、象に「行ってきます」と声をかけ、帰宅すると一番に「ただいま」とあいさつする。

今まで象が好きだと思ったことがなかったけれど、本当の象が見たくなっていた。

「そうだ、たけちゃんと動物園へ行こう!」

「たけちゃん、動物園へ行かないか？」

さとるは登校してきたたけちゃんに言った。

「ぼくもそう思っていたんだ」

「動物園に行ったことがあるの？」

とさとるが聞くと「うん」と言う。

「二人で行ける？」

「行けるよ、簡単だ」とたけちゃんは自信たっぷりに言った。

「じゃあ、日曜日に行こう。今日うちにおいでよ」

「さとるちゃん、友達と二人でどこかへ行ったことあるの？」

「ない。友達いなかったもの」と小さな声でした。

「ぼくがはじめての友達？」さとるはうなずいた。

「これからなか良くしような」と笑顔で言った。


たけちゃんは電車の時刻表をもってやって来た。

「たけちゃんは一人で電車にも乗るの？」

「妹が二人もいるだろう。だからお母さんはすぐ一人で行っておいでと言うんだ」

さとるは一人でスーパーに行ったこともなかった。

「みんなも、一人で電車にのるの？」

「さあね、でも友達同士何人かで行ったことはあると思うよ」

さとるは初めて友達の行動について考えた。

時刻表を見て、行きの時間と帰りの時間を決めた。

「お弁当はどうする？」とたけちゃんが聞いた。

「お母さんに作ってもらうよ」と答えると、

「ぼくはコンビニで買うんだ。お母さんはいそがしいから」

「じゃあぼくもそうする」

動物園へ行く

土曜日の夜はうれしくて眠れなかった。遠足のときよりこうふんした。そして日曜日の朝は早く目がさめた。でもベッドの中で七時になるのを待ち、お父さんが起き出すまで、静かにしていた。

七時になってもお父さんは起きなかったが、お母さんがキッチンに入る音がした。

さとるも静かに起き出した。そうっと部屋をでると、お父さんも出て来た。

「さとる早いじゃないか？」とふしぎそうな顔をしました。

「友達と動物園に行くんだ。だから……」と口ごもった。

「友達ができたのか？　友達は大切にするんだよ、良い友達は一生の宝物だからね」

と言ってさとるの頭をなでた。

二人でキッチンに入って「お母さんおはよう！」と元気に言ったら、

「良いお天気だから、きっと楽しい一日になるよ」お母さんもうれしそう。

「さとるの弁当を作ってやらないのか？」

「お友達とコンビニで買うのですって！」

「そうか、それもいいなあ」お父さんも笑顔だった。

無口なお父さんと話をするのが、さとるはにがてで、お母さんがが一人でしゃべって二人がうなずくことが多かった。

今日はお父さんが友達のことを聞いた。

「たけちゃんという子で、とても気が合うんだ。象好きってところまでにてるんだよ。だからいっしょに動物園へ行くんだ」

「二人で行くのか？」とお父さんは心配そうな顔。

「たけちゃんは一人で電車に乗るんだって。動物園も行ったことがあるから大丈夫だって」

「ほう、しっかりしてるんだなあ。まあ気を付けて行きなさい」

お父さんはいつもよりおしゃべりだった。

「ぼくに友達ができて喜んでいるんだ」

時々友達のいないぼくを心配していたが、友達がほしいと思わなかった。

「おれの性格ににたのだなあ」

と、お母さんに言うのを聞いたとき、ぼくはお父さんに似ているからおこられないのだと思った。


十時過ぎたけちゃんがさそいに来てくれた。歩いて駅までは一キロほどだ。

「さとるちゃん自転車にのれる?」「のれる」

「この次は城山公園へツーリングしよう」

「お母さんに聞いてみる。遠いと許してもらえないんだ」

「大丈夫だよ、車のあまり通らない裏道を走るから」

とたけちゃんは笑った。

みどり川駅に着いた。たけちゃんが、

「次の次、すずめが丘で乗りかえるよ」

「うん、お母さんとおばあちゃんの家に行くとき、この電車に乗るんだ」

今までの自分は普通の5年生ではなかったと思った。

そう思ったのはたけちゃんと話すうちに、同級生達の行動を知ったからだった。

すずめが丘駅で急行がすぐに来た。

「ラッキーだね。次が寺町駅だ」

二人はずっと前からの親友みたいだった。

駅から街に出ると、さとるの知らない場所だった。

いつもさとるは駅構内から地下道を通ってデパートに入った。

デパート以外、ほとんど知らなかった。

「ぼくが来るのはデパートだから、ここには来たことがないよ」

歩きながらたけちゃんに話しかけると、

「ぼくはデパートなんか一年に一度か二度連れてきてもらうだけだよ」と笑った。

公園の横の道を行くと、さとるはちょっと大人になったように感じた。

「ほら着いた、動物園だよ」

まわりを見わたすと、美術館があったし、たくさんの高いビルが動物園を見下ろしていた。

入り口には長い列ができていた。

「すげーなあ」と言って列に並んだ。

家族連れが多く、幼児がちょろちょろするのをたけちゃんは上手に相手をしている。さとるは感心ばかりして見ていると、

「だめだよ、ママが呼んでるよ」

と、よちよち歩きの女の子をだきあげた。

「ぼく、ありがと！」おばさんがたけちゃんにお礼を言った。

お母さんは大変だなあとさとるはながめていた。

やっと園内に入った。また後ろに長い列ができていた。

さとるは何もかもがめずらしく、たけちゃんがとても大人に見えた。

象のエリアをさがしながらおりの中をのぞくと、寝そべっているライオンがもう

じゅうとは思えない。ライオンは動こうとしないのだ。

オオカミは忙しげに、おりの中を行ったり来たりしている。

やっぱり象が見たくなって「どこだろう」と、二人はあたりを見渡した。

「ほら、あそこに係員のおじさんがいる」

たけちゃんが走りだした。さとるも走った。

そのおじさんはていねいに教えてくれた。動物園はやっぱり広い。

入り口近くのコアラの辺りに左に曲がる道があった。

「道有ったよなあ」「有った!」二人は顔を見合わせた。

その道が象のいる場所へ続いているのだ。

人だかりの金網の所に来ると、たけちゃんは人の間をするするとぬけて、一番前にじんどった。

「さとるちゃん」と手まねきした。

「あいつかわいい! ほらあの寝方」と指さす岩の上に小さなペンギンが、まるで小さい岩のように寝ている。

「眠ってるのかなあ。動かないねえ」とさとるはじっと見ていた。

すいすいと水中で泳ぐペンギン達はまるでおにごっこしているようだった。

「ペンギン、すげえかわいいなあ」

と言いながら二人は金網をはなれた。


象の部屋はうす暗くて大きく広かった。象はいなかった。

名前は「はなこ」と書いてあった。

象も外の庭で遊んでいるらしい。二人は急いで外に出た。

「アジアの熱帯雨林ゾーン」は広くて象が小さく見えた。池もあり、映画で見るような熱帯雨林のようだ。

でも象は部屋の入り口からはなれない。

長い鼻で入り口のドアをたたくばかりで、となりにいたおじさんが笑って言った。

「部屋に入りたいんだよ。暑くて疲れたんだろう」

半時間ほど眺めていたが、鼻でドアをたたくばかり。

ちょっと残念だったけれど、あきらめて出口へむかった。

「象、ちゃんと見られず残念だったなあ」

「うん、でも来てよかったね」と二人は笑顔で言った。

公園のそばの店でソフトクリームを買った。

そしてベンチに座って「美味しいね」と顔を見合わせて食べた。

「この次は、もっと早く来ようよ。午前中に来たらきっと元気な象を見られるよ。だって象、おばあちゃんだったよ」

さとるは気が付かなかったが、たけちゃんが「はなこ」の紹介文を読んでいたのだ。

「万博の時どこかの国からもらったんだって。どこの国か忘れちゃったけど。ぼくたちよりずっとずっと前に生まれてるんだよ」

「この間読んだ本に象は五十年ぐらい生きるって書いてあったよ」

「万博ってずいぶん前だったね。いつだったか忘れた！」

二人はもう一度来ようと話しあった。

屋根の上の象

たけちゃんがさそってくれてさとるはいっしょに学校へ行った。
そしてよくいっしょに学校から帰ってきた。
でもさそいに行ったことはなかった。ある日夕食の時、
「たけちゃんがさそいに来てくれるそうだが、ときどきさそいに行くようにしろよ」
とお父さんから言われた。
本当はそうしたいと思っていた。でもできなかった。
その夜、屋根の上の象を見た。いつもより遅い時間だった。
通りを行く車も人も少なく、ひっそりとしていた。
「ぼくはどうして気が弱いのかなあ」と象の目を見た。光った！
そんなはずはない……

「たけちゃんは好きだし、さそいにだって行きたいんだ。だけどはずかしくてどうしても行けないんだ。どうしたら行けるか教えてよ」

象は何か言ってくれそうに見えた。

しばらく見ていたがじっとぼくを見ているだけだった。

明日、思い切ってさそいに行こう……

「象さん、たけちゃんをさそいに行くよ。おやすみ！」目が光った。


次の朝「おはよう！」と象に言ってから部屋を出た。

今日もたけちゃんがさそいに来てくれた。

「ぼくたち一年から一度も同じクラスになってないね。六年こそいっしょだといいなあ」

さとるがそう言うと「ほんとだね」と笑った。

「象さんのおかげでぼく達友達になったね。これからずっと友達でいような」

うれしかった。さとるも友達でいたいと思った。

「明日の朝たけちゃんをさそいに行くよ」とさとるが言うと、

「えっ本当？　少し遠まわりだしいいよ」

「でも行きたいんだ！」

「じゃあ待ってる」たけちゃんも笑顔だった。

その夜、さとるは部屋の窓を開けると小雨が降っていた。

うす暗い中で象はさびしそうに見えた。しばらくじっと見ていた。

「雨だね。つめたそうだけど大丈夫？　早く雨が止むといいのにね。あっそうだ、
ぼく今日友達に言いたいこと言えたよ。ありがとう象さん」

さとるがつぶやくように言ったら、象の目がちかっと光った。


朝早く目が覚めた。ベッドの中でさとるは考えていた。

「今までの自分ではいけないのだ。もう五年生だもの」

そうだ、いつまでもいやなことからにげたらだめだ。

いつもより早く学校へ行く準備をし、早く家を出た。

「あら今日早いのね」お母さんが言いながら玄関まで送ってきた。

「行ってきます」いつもより元気なさとるの声だった。

たけちゃんの家の近くで同じクラスの里見君にあった。

「久保どこへいくんだ?」「たけちゃんをさそいに行くんだ」

「いっしょにいこうぜ」とついて来た。

「たけちゃんとは一年と四年のとき同じクラスだったから、仲がいいんだ」

家からたけちゃんが出て来た。

「なんで里見がいっしょなの?」と言った。

「ああ、そこで会ったんだよ」と里見君がすばやく答えた。

「なんだそうか」

たけちゃんは「ありがとう」とさとるに言った。

三人並んで友達と話しながら歩くのは初めてのことだった。

さとるは二人の話を聞いている方が多かった。

里見君はおしゃべりだったから、先生に時々注意されていた。

動物園へ二人で行った話をたけちゃんがすると、うらやましがった。

「次に行くときはさそってくれよ」とたけちゃんに言った。

「さとるくんが好いと言えばね」とさとるの顔を見た。

「いいよ」笑って言った。友達が一人ふえた。

「たけちゃんいつから久保と友達なんだ？」「この間さ」

そして「明日はぼくがさそうよ」とたけちゃんは言った。

下校の時、さとるは一人で帰った。たけちゃんが遅くなることは時どきあった。

里見君に「いっしょに帰ろう」とは言えなかったのだ。里見君は友達とふざけていた。

さとるはそれを気にしながら、一人で元気なく歩いて帰った。

「今日ね、新しい友達ができたんだけれど、やっぱりだめなんだ。自分から声をかけられないんだ。どうしたらいいのかなあ……」

その夜も象はじっとさとるを見ている。

「ぼくが一番欲しいのは勇気だ」

「今日できた友達は同じクラスだよ。おしゃべりだけどぼくは好き。とてもおもしろいこと言って楽しいから。それから算数のテスト百点取ったよ。クラスで五人だけで先生がほめてくれたんだ」

お母さんが部屋に入ってきたから、つぶやくのをやめた。

「早くお風呂に入りなさい」

「あっ、お風呂忘れてた。すぐ入るよ」

お母さんは笑いながら出て行った。

さとるは百点の算数のテストを持って部屋を出た。お母さんに見せなくっちゃ！

お風呂からもどってさとるは

「言い忘れてた！　今日は好い一日だったよ、ありがとう象さん。お休みなさい」

象の目はピカッと光った。

土曜日の夕方、象さんの家のお兄さんがさとるを手招いた。

「君、象が好きだそうだね」さとるはうなずいた。

「屋根の象はおれの友達なんだ。この本君にあげるよ」

パラパラと本をめくったさとるはおどろいた。

「この象の名前はスターっていうんだ。星のことだよ。『アフリカの星』って呼ばれているんだ。みんなスターってよんで人気者さ。僕はカメラマンだけれど、スターに出会ってすっかり気に入っちゃってこの本を出版したんだ」

「あのう、いいのですか？」さとるはもじもじしていた。

「いいよ、久保さんとは昔からの知り合いだからね」

「ありがとうございます」

「しっかりしてるね、何年生？」「五年です」

ほめられたのがうれしかった。

自分は友達と比べてたよりないといつも思っていた。

「お母さん見て！　象さんの家のお兄さんにもらったんだ」

「まあ象の写真集だ！　仲次さん写真家って聞いていたけれどすごいね」

「うんすごいよ！　ますます象が好きになったよ。あの象『スター』って名前なんだって。『アフリカの星』ってよばれて、人気者だって言ってたよ」

「お父さんにも見せてあげてね」とうれしそうに言った。

夕食の時、象の本を見せるとお父さんも、

「仲次君は子供の時からよく写真を写していたんだ。本当の写真家になったんだねえ。自分の意志をつらぬいたとは立派だなあ」

自分の好きなことはなにかなあ。象さんと話してみようと思った。

夕食の後、象の本を持って自分の部屋にもどった。

スターは西の空を見て、いつもと少しも変わらなかった。

さとるはだまってしばらく見つめていた。

「ぼくには作り物の象には見えないんだ」

いつものようにスターに話しかけた。

「スターって名前なんだね、これからそう呼ぶよ。『アフリカの星』ってかっこいいなあ。アフリカにいるそうだけれど、遠くて会えないのがつまらないよ。写真のスターはやっぱり生きているから、屋根の上のスターとは違うんだ。でもスターはやっぱりぼくの友達だよ。これからもよろしくね！」

スターの目が光った。

月曜日、学校へ行く時たけちゃんに、本のこと話そう。


月曜日の朝、家を出るとたけちゃんと里見君がやって来た。

「おはよう」と二人が手をあげて言った。

「今日学校から帰ったら家においでよ。象の本を見せるから、里見君も来る？」

里見は「うん、行く」と言った。歩きながら本の話をした。

「楽しみだなあ、早く見てえ」とたけちゃんと里見君が言った。

三人はいっしょに学校から帰って来た。

「カバン置いてすぐ来るよ」

二人は走って帰った。本当に早くやって来た。

「たけちゃん達きたよ」とお母さんの声が聞こえた。

玄関にカバンをほうりこんでとんで来たと、里見君が言った。

二人はすぐに屋根の上の象を見た。里見君は初めてだ。

「さとるくんの家から見るとかっこいいねえ」

たけちゃんも窓からのぞいて「オッス！」とあいさつしてから、

「本を見せてよ」とせかした。

「はく力あるなあ。やっぱり大人の見る本だから違うんだね」

「アフリカって所もすごいなあ」

二人は本を引っ張り合いながら見ている。

「この本の象が屋根の象か、すごいね」

二人はよけい興味をもった。

「『アフリカの星』って呼ばれてる人気の象ってかっこよすぎるよ」

たけちゃんもますます好きになり、里見君もスターのファンになってしまった。

「あの白い牙がすげーよ」と里見君は牙がとくに気にいったようだ。

二人は本をはなそうとはしなかった。
お母さんがおやつを持ってきたら、三人そろっておやつにとびついた。
「いただきます！」と笑顔の三人だった。お母さんがいった。
「スターのおかげで二人も友達ができてよかったね」
さとるははずかしそうな顔をした。
「ぼく達もです」と里見君がにこにこして言った。
帰るとき、玄関でさとるは、
「今日中に本読んでしまうから、明日学校の帰りよってよ。たけちゃん読んだら、
里見君に渡してよ」
楽しみだねと話ながら二人は帰った。

土曜日の午後、たけちゃんが元気なくやって来た。

「さとるは部屋にいるから上がって」とお母さんが言っても上がろうとしない。

「おばさん、さとるちゃんの本やぶってしまったの」

さとるはお母さんによばれて降りて行った。

「本やぶってしまったんだよ、ごめん」

「上がってよ、部屋で話をしよう」

さとるはたけちゃんの手を引っぱった。

たけちゃんは元気がなかった。

「いいよこれくらい、妹は小さいんだろう？　しかたないよ。たけちゃんのせいじゃない」

さとるの声がした。おかあさんはほっとした。

（さとるも相手の気持ちがわかるようになったんだ）

お母さんはそっと階段を上がっていった。

「ジュースどうぞ！」笑顔の二人がふり向いた。

ジュースを飲み終わると窓べにすわって、何事もなかったようにスターをながめていた。

「スター、かっこいいねえ」のお母さんの声に

「お母さんもスターのファンだね」さとるは笑顔で言った。
二人は象の話から宿題の話にかわっていた。
宿題の話に、お母さんはちょっと安心して部屋を出た。
しばらくしてたけちゃんは帰って行った。
ジュースのコップを取りに上がると、さとるは机の前にすわっていた。
「宿題？」と聞くと「うん」と頭をふった。

夕食の時、さとるは何か言いたそうにお父さんの顔を見ていた。
土曜日の夕食の時は決まってビールを飲むお父さんだった。
その楽しみをじゃましていけないと思っていたのだ。
夕食が終わった。「ごちそうさま」とさとるは席を立った。
さとるの部屋に行ってみると、また本を広げている。
「その本が気にいったみたいね」
お母さんは横にすわったが、象の写真集ではなかった。

「お母さん、ぼくこの（自然塾）に行きたいんだ。前から山や川にあこがれていて
この写真集を見て、キリマンジャロや草原や熱帯雨林の風景が大好きになったの。

もっと日本の自然も知りたいんだ。自然塾のことは象のお兄さんが知っているかも
しれない」

「そうだね、明日にでも聞いてあげる。二週間も一人で合宿に参加できるの？」

さとるの変化におどろき、お母さんは心配になっていた。

次の朝象の兄さんが、

「早過ぎちゃったかな、おじさん起きてる？」

パンフレットを持って玄関に立っていた。

食事が終わったところだった。

「タイミングがいいよ！」とお父さんが伸次さんを呼んだ。

さとるも一緒に部屋に入った。

「象のお兄さんとは呼べないし、伸次さんとも言いにくいなあ」

こまったなあと思った。

「さとるって呼ぶよ。おれは伸次、伸次兄さんと呼んでくれ」

さとるは大きいお兄さんができたようで嬉しかった。


自然塾は古い塾だった。

昔は都会に生まれそだった子供達のために、自然の中で遊ばせる目的の塾だったそうだ。
二、三泊の子がいれば一週間いる子もいるという自由気ままな遊びの場所だったらしい。
今は登校拒否の子供や友達と遊べない子供が多くいる。

自然の中で自由に遊び、楽しい自分を見付けるのが目的だった。

大学生がボランティアで先生をしていた。

「おれも2回子供の世話をしたが、みちがえるほど元気になった子もいたよ。そしてそんな子が大学生になって、また子供達の世話をするんだよ。自分が経験してるから子供達の気持ちがよくわかるのさ」

仲次兄さんの話をきいていたら、どうしても行きたくなった。

「ぼく行ってみたいよ。ねえお父さんいいだろう?」

「ああ、行くといいよ」

「おれが自然塾へ送っていこう。ご無沙汰してるご住職に会いたくなったよ」

と仲次兄さんが言った。

さとる自然塾へ

七月にはいると友達は夏休みの話で楽しそうだった。
学習塾の話題も多かったが、家族旅行の話がやっぱり多かった。
古里にかえる子供はとくに楽しみにしているようだった
「おこづかいをもらえるからだよ」と言う。
たけちゃんは三週間、学習塾に行くといった。

「ぼくは山の塾に行くんだ」とさとるが言ったらおどろいていた。

「自然の勉強、遊びの学校さ」

「それは最高の塾だね。二学期に話をきかせてよ」

たけちゃんも里見君も私立の中学校へ行くらしい。

さとるは受験がいやだし、成績もよくなかった。

両親も勉強より、友達と仲良くできる子供になってほしいと言っていた。だから
さとるが自然塾へ行きたいと言ったとき、お父さんはとても喜んだ。

お母さんは自然塾への準備を少しずつ始めていた。

さとるも七月二十五日を楽しみに、カレンダーに丸をつけた。


七月二十五日は朝から雨がふっていた。

仲次兄さんが「どしゃぶりは困るが、このくらいの雨の方が涼しくていいんだ」

と言った。

八時過ぎ、両親に見送られて仲次兄さんの車で出発した。

「さみしいか？」と聞いた。少しはそう思った。

でも、何日も家に帰れないのが不安ではなかった。

「山の夜ってこわいの？」とたずねると、

「眠ってしまえばいいんだ」と伸次兄さんが笑った。

「じょうだん、じょうだん。こわくないよ。都会のように明るくないけれど、晴れた夜の空はきっとさとるをおどろかせるよ。空いっぱいに星がかがやいてるんだ」

高速道路から、田畑や森が美しい田舎道にはいった。

田舎のおばあちゃんの家へ行くとき通る道ににていた。

「田舎の道はのんびりしていいなあ。さとるは田舎が好きか？」

伸次兄さんも楽しそうな顔で運転していた。

「うん、映画を見ている感じがする。伸次兄さんはどうして自然塾に行ったの？」

「学校がきらいだったのさ。いうことを聞かないとすぐ怒る先生がいてね。三年の時だったかな。学校を休むと先生が家まできたよ」

さとるはだまって聞いていた。

「それで五年の夏休み、はじめて自然塾へ行ったんだ。好きにできるのがうれしかったよ」

坂道はくねくねと山に向かって続いていた。

村の道に入り、大きな木の橋をわたると森が見え、小さな寺と建物が見えた。

近づくと広場と野菜畑があって、車が何台か止まっていた。

「ほら自然塾に来たよ。はらへったなあ、さとる！」

「はらへった！」とさとるも言った。

途中道の駅でトイレ休けいをして、たこ焼きを食べたがもうおなかはぺこぺこだった。

お昼の食事が用意されていた。

来た人から順番に食べて、一時が集合時間だった。

食べ終わると伸次兄さんが

「ちょっとご住職と話をしてくるよ」と出ていった。

食事の終わった人は部屋のすみに座っていた。さとるもすわった。
「こんにちは」と女の子があいさつしてくれた。
ぴょこんと頭をさげただけで、さとるは「こんにちは」が言えなかった。
「私、今年で二度目なの」
と言ったが、さとるはやっぱりなにも言わなかった。
「丘美波五年生。君は？」とたずねた。
「ぼくも五年生、久保さとる」と小さな声で答えた。
こんな自分がいやだなあと思った。
たけちゃんと友達になるまではこんな自分で平気だった。
「どこから来たの？」「大阪……」
「私は神戸、さとる君しゅみは？」と聞かれた。
しゅみ……こたえられなかった。
美波ちゃんはそれいじょうさとるに話かけなかった。

一時になって住職と、大学生のお兄さんとお姉さんが入って来た。

「みなさんこんにちは、まず昼食の後かたづけから始めます。手伝ってください」

お兄さん達の指示にしたがってみんなが動き始めた。

茶わん、コップ、皿、おわんとプラスチックの箱にべつべつに入れて二人ずつ組になってキッチンまで運んだ。たちまち片付いて部屋は広くなった。

住職の話が始まった。

付きそってきた父母は子供達の後ろで静かに話を聞いていた。

子供達はきんちょうしていた。

「みなさんこんにちは。今日から二週間みんな楽しく遊んでください。ここにきた目的は元気に遊ぶことです。けれど宿題だけは毎朝してください。くわしい説明はお兄さんがしてくれます。私に話したいことがあればいつでも、どこでも声をかけてください」

住職はやさしくておもしろそうなおじいちゃんだった。

お兄さんとお姉さんの六人が順番にあいさつをした。一番目は、

「はじめまして村上次郎です。今年で三度目みんなのお手伝いさせていただきます。次郎さんと呼んでください」

「坂静香です。しずかちゃんと呼んでね」

四人が順番に自己紹介した。

「谷岡光です。ぼくも三度目です。山歩きが好きだからいつでもさそってよ」

「畑山かおり。初めてですのでよろしくね。しゅみは木登りよ」

笑い声が聞こえてなごやかになった。

「岸上夏夫です。ぼくも初めてです。いっしょにがんばろうね。したいことは木の下で昼寝です。したい子いるかな?」

二、三人がそっと手をあげた。さとるもおそるおそる手をあげた。

「ようし、みんなで昼寝しよう!」

少しずつ子供達もこの場所になじんできた。最後に、

「森孝男です。ぼくは子供のときを合わせると、六回目です。大好きな自然塾で楽しい時間をいっしょにすごそう!」

こぶしをつくって右手を高くあげた。

さとるはすっかりうれしくなっていた。これって象さんと話するときの気持ちと同じだ。


そして付きそってきた両親達が帰る時間がきた。

伸次兄さんも「じゃあな、きっと楽しいよ」と言って帰っていった。

食事した所がみんなのしん室になった。まん中をふすまで仕切って女子と男子に分かれた。女子が八人、男子が十一人だった。そしてどちらの部屋にも大学生が二人ずつ寝る。

「修学旅行みたいだろう。だけどさわがせないぞ！」

森孝男がこわい顔をしたけれどみんなが笑った。

そのあとに説明があった。

朝起きる時間や食事時間、午前中の勉強時間と注意を書いたプリントがわたされた。

「それ以外は自由時間だよ。好きな事をしていいんだが、山に登りたいときや小川に行くときは、かならずお兄さんお姉さんに言うこと。広場や畑や寺の近くで遊ぶのは自由だよ」

ゆうぞう君が口ごもりながらいった。

「森先生、とちゅうで塾をやめられますか？」

「理由があればやめられるよ。心配なのかい？」

ゆうぞう君は、返事をしなかった。

「ゆうぞう君はここで意見が言えるから、その心配はなさそうだ」

と笑って言った。

子供達は人数のわりには静かだった。おとなしい子が多かった。

男子は六人と五人に分け、女子は八人一組になった。

「班長を一人ずつ選んでください」と紙を渡されたが、誰も受け取らなかった。

「では、二度目の子がいるから、その子達にお願いする」

森孝男は見渡して言った。

「まさあき君、そらと君、女子は美波ちゃん。みなさんよろしいですか?」

「はあい」と元気よい返事。

「じゃあ三人お願いします」


夕食は六時食堂に集まって食べた。場所が班ごとに決めてあった。

会話はあまりなかったが、笑顔だった。

「ゆっくり食べていいよ。早い子は待ってくれるからね」

「いただきます」と「ごちそうさま」はみんなで言った。早い子もじっと待っていた。

さとるもたべるのがおそかった。でも残さないように、できるだけ早くと思って食べた。

みんなが食べ終わって「ごちそうさま」をした。

「テレビを見たい子はとなりの部屋で見ていいよ」

と森孝男が言った。

けれどみんな食堂を出て部屋にもどった。

なんとなく班にわかれて話がはじまった。

さとる達の班長はそらとだった。

「ぼくは学校でそらととよばれています。よろしく……」と言って話がきれた。

みんなてれくさそうにモジモジしていたが、そらとが言った。

「順番に学校でのニックネームを言ってください。時計回りに」

「ぼくははっちゃんです」「さとる」「しげさん」「かおる、呼びすてです」小さな笑い。

「ぼくは八木だけど、やぎちゃんとよばれています」

いつの間にか村山次郎がそばにすわっていた。

「村山次郎です。ぼくがこの班のたんとう、つまりリーダーです。仲良くしましょう」

「はあい」と返事と同時に拍手した。

リーダーが「さとる」と呼んだ。返事をしてリーダーの顔を見た。

「君から何でもいい、話をして。しゅみでもペットの話でもいいよ」

さとるは困ってしまった。しばらくして、

「誰か話せる人」

リーダーはみんなを見渡したが、誰も手をあげない。

「では考える時間五分待ちます」と、うで時計を見た。


五分が過ぎて、みんなそわそわしていた。

「ではそらとから。話が終わったら、次の人の名前を言って」

「ぼくは一人っ子です。わがままだからと昨年ここに来ました。楽しかったので今年も来ました。山登りがとくに好きでした。川あそびもおもしろかったです。来年も来たいです。えー次はやぎちゃん」

やぎちゃんはきんちょうしてすぐには話せなかった。

「ぼくは話がにがてです。友達も少ないです。でも自然塾を知ったとき、ここに来たいと思いました。来てよかったと思っています。次ははっちゃん」

「はっちゃんです。絵をかくのが好きでまんが家になりたいですが、友達はへたやといいます。ぼくも友達あまりいませんからここに来ました。木登りしたいです。次はさとる君」

「久保さとるです。人と話すのはにがてで、友達も少ないです。子供のときから自然塾にきて、お兄さんもしていた近所の人に話を聞きました。そうしたら来たくなったのです。来て良かったと思っています。山登りがしたいです。次はしげさん」

さとるは自分の番がすんでほっとしたので、しげさんの話はほとんど聞いていなかった。

さいごのかおる君は「ぼくも魚釣りがしたい」と話をしたから、しげさんも谷川で魚をつりたいと言ったのだろう。

リーダーは「人の前で話をする練習だよ」と言った。


さとるは次の朝早く目をさました。

窓は明るくよい天気だと思ったが時間がわからなかった。

外で人の声がしていた。（起きていいかなあ……）

部屋を見渡したが誰も起きていない。となりのしげさんがちらっとさとるを見た。

そしてウインクしたのでさとるもウインクを返した。

部屋のすみのオルゴール時計がなった。
六時だ。むくむくとあちこちで起きだした。
「眠れたか？」としげさんが聞いた。
「うんよく眠った」とさとるは答えた。
やぎちゃん一人が起きない。
「おい、みんな起きてるぞ」
そらとが肩をゆすると眠そうに起きだした。
「ねぼうだなあ」とみんなに笑われた。
次々起きだして洗面所にいった。
「つめてえ」とみんながいった。山の水道水はとびあがるほど冷たかった。
眠そうだったやぎちゃんもいっぺんに目がさめた。

八時の朝食まで自由時間なのだ。
畑でとまとやきゅうりをとる人がいる。庭をはく人もいるし、体そうをしている人もいる。

寺の近くの人達だ。寺の手伝いをしているのだ。

さとるはやって来たリーダーに聞いた。

「畑に入っていいですか？」

「いいよ、手伝いますって言えばよろこんでくれるよ」

さとるは田舎のおばあちゃんの家の庭を思い出したのだ。

今の季節はとまとやきゅうりで、さとるのきらいななすびもあった。とまとのちぎりかたも知っていた。
二、三人がついてきた。畑のおじさんに「手伝わせてください」と言った。
「なすびを二十こ、きゅうりも十本お願いだ。はさみはかごに入っているよ」

と言ってみんなの顔を見た。

おじさんを見て、さとるはやっぱり田舎のおじいちゃんを思い出した。ちょっとかみの毛のうすい頭と身長が同じくらいだから、にていると思った。

トマトがいっぱい入ったかごがそばに置いてあった。

「うまそうなとまとや」とやぎちゃんが言ったので、おじさんが
「みんなの朝食のサラダにつかうんだよ」と笑った。

「誰か二人でトマトのかごを、食堂へ運んでくれないか？」

さとるは「ぼくが行きます」といってしげさんに「行こう！」とさそった。

二人でトマトのかごを持ち上げると、重かった。

食堂に着いて「ああしんど」といったが楽しかった。

空を見上げると大きな雲と小さな雲が山の上で動かない。雲も近くに見える。雲まで大阪と感じがちがうなあと、ながめていた。

「何見てる？」空を指して「山の上の雲」

「雲、白くてきれいなあ……」

としげさんもしばらく見ていた。

畑にもどると、きゅうりやなすびが又かごいっぱいになっていた。

二人でまた運ぶことにした。

八時に鐘がなって朝食は始まった。

パンに牛乳とサラダ、そしてハムエッグだった。サラダは特においしかった。

「とれたてで新鮮だから、トマトの味が全然ちがうなあ」

みんなが口々に言った。

「家のトマトはあおくさいけれど、今日のトマトはあまかったね」

「赤くじゅくしたトマトだからだよ」とさとるは言った。

「スーパーのトマトは農家から、お店に並ぶまでに何日もかかるだろう。だから青いうちに取って、お店に並ぶ頃あかくなるんだよ」

「さとるはものしりだなあ」

しげさんがほめてくれた。

「テレビでそう言ってたんだよ」


学習時間は九時半から十一時までだった。

テレビの部屋でしてもいいし、寝室の大部屋で机を出してしてもよかった。決められた宿題はかならずしなければならなかったが、残った時間は好きにできた。外に出て行く子や読書する子、テレビを見る子とまちまちだった。

さとるは今日は読書することにした。

どれから読もうかとパラパラめくって、「星と宇宙」にした。

そうだ今夜、空を見よう。星が見られるかも知れない。

スターはどうしてるだろう、ぼくのあいさつを待っているかも知れない。夕べも朝も忘れたけれど、今夜はスターに「お休みなさい」を言わなくっちゃ！　時々お母さんのことを考えてたけれど、いつの間にか眠ってしまった。

テレビの部屋には本がたくさんあった。

「村の歴史」という本が目の前にあった。子供向けのさしえ入りでおもしろそうだ。ページいっぱいに書いた地図で、この寺も道路や橋や学校もすぐにわかった。寺から東へと見ていると「象橋」と書いてある。象橋ってどんな橋か見たくなった。午後の自由時間に行ってみようと思った。

岸上リーダーが部屋に入って来た。

「あのう、この地図の象橋ってどんな橋ですか？」

「象橋？　知らないなあ。聞いて来てあげようか？」

「午後見に行っていいですか？」

「一人で行ってはだめだよ」とリーダーは言った。


昼食のあと、村上リーダーに言った。

「象橋を見に行って来ます」

「友達といっしょだね」と聞いた。

「しげさんとまこと君と三人で行来ます」と言うとニコッと笑った。

地図では東にむかってほぼ一本道だ。二時前だった。

「四時頃に帰ります」とリーダーに言ってでかけた。

道は歩きやすく、三人はハイキング気分になっていた。

しばらく歩くと森の中に入った。涼しい風が吹いていた。

「静かやなあ。さびしいくらいや」

しげさんが言った時、おばさんが歩いてきた。

「すいません、象橋はまだですか？」とさとるが聞いた。

「象橋？　谷にかかっている石の橋のこと？」

「五百メートルほどだよ。自然塾の子だねえ。気をつけてね」

やさしくてニコニコ笑って教えてくれた。

しばらく歩いて木の根っこにこしかけて休んだ。

「おやつ持って来ればよかったなあ」

「今何時かな」としげさんがうで時計を見た。

「二時半だよ、ゆっくりしてられないよ」


象橋は石でできた立派な橋だった。

象の形をしているとは思わなかったが、普通の石の橋でさとるはちょっとがっかりした。

「どうして象橋なんだろう？」

としげさんも首をかしげた。古いけれどがんじょうそうな橋だ。

下をみるとこわかった。谷の水は飲めそうなほどきれいだった。

「象の形はしてなかったけれど、来てよかったね」

三人は顔を見合わせた。

帰る途中「こんな道だったかなあ」とさとるは心配になった。

「ほとんど一本道だったよ。まちがうなんてありえないよ」

見おぼえのある松の木に安心した。

「さとる君はぼうけん家になれないね」と笑われた。


帰りは急いで自然塾にもどった。

「お帰り！　どうだった？」と聞かれた。

「楽しかったけれど、象橋は普通の石の橋でした」と言った。

夕食までテレビの部室で、もう一度「村の歴史」を読んだ。

「象橋」に（注）の印があった。あの時は気がつかなかった。

急いで（注）の印を見た。

（美山村出身の東谷五郎が東京で修行し、初めて手がけたのがこの橋である。丈夫で長くこの村の役に立つようにと、象のように強いと言う意味で「象橋」と名付けた。四トン五トンの牛車や馬車が通ることができる。大正十二年四月に完成）

さとるはどんな時代だったのだろうかと思った。

この村の人は誰も象を見たことが無かったそうだ。

歴史ってすごいなあ、と本を閉じた。

明日もう一度象橋をしっかり見てこようと思った。

夕食が始まって、みんな昨日とはちがう楽しそうな顔をしている。

（みんな友達になったんだ。ぼくだって今日はしげさんやまこと君と象橋に行った。友達っていいなあ……）と心の中でつぶやいた。

食事の後さとるはしげさんとまこと君に「村の歴史」を見せた。

「なあ、明日もう一度象橋に行かないかい」

「行く、行く」三人の意見が合った。

次の朝も畑でトマトをとったり、ねぎをひく手伝いをした。

「おうい、手伝ってくれ！」と村山リーダーの声に、走って行った三人は落ち葉をはいた。木の葉がみぞいっぱいにたまっていた。

「サンキュー、サンキュー。大雨が降ったらこまるところだったよ」

働くことは楽しいと思った。しげさんやまこと君だって楽しそうだ。

「昼食が終わったら、すぐ象橋に行こうよ」としげさんがいった。

さとるはあの石橋をわたりたいなあと思ったが、自信がないから言わなかった。

三人は村山リーダーに象橋へ行くと言って玄関を出た。

しげさんが持ってきたリュックに三人の水とおやつも入れた。そのリュックを交代で背おうことにした。順番はじゃんけんで決め、さとるが負けて一番に背おった。

昨日より暑かった。十分ほど歩いただけで汗をかいたから水だけ飲んだ。

「今日の方が早く歩いているね。だからのぞがかわいたんだよなあ」

昨日きゅうけいした場所でまた水を飲んで、リュックを交代した。次はしげさんだった。

「重い！」と叫んだのでさとるもまこともびっくりした。

「っていうのはじょうだんだよ！」と言ったので三人で大笑いした。

「象橋についたらおやつたべような」

もうすぐ橋というところで今日も人にあった。

「今日は」とあいさつすると
「自然塾の子やな。何年生や？」「五年生です」

「そうか気をつけてな」

おじさんもやっぱりやさしくて笑顔だった。


橋に着いた。そしてじっとながめていると昨日より立派に見えた。

象が通っても平気ながんじょうな橋だから、ぼく達三十人乗ったって平気なんだ。

「ようし、通ろう」さとるは決心してなでるようにして、橋を見た。

象橋大正十二年四月、文字はそれしかよめなかったが、絵が彫られていた。象の絵だとすぐわかった。

「象の絵が描いてある！」さとるは大声で言った。

「本当だ、象の絵だ。向こうはどうかな？」

「橋をわたって見ようよ」三人はゆっくり歩き出した。

「下を見なければこわくないさ」としげさんが言った。

さとるもまことも胸をはって歩いた。

「あった！」と三人は叫んだ。でも少し絵が違っていた。

こちらの絵は象の鼻が上を向いていた。まるで「ぱほう！」とないているようだ。

「あっちの象は鼻が下を向いていたよ」

「そうだったね」

三人は象橋が昨日よりずっと好きになっていた。

「やっぱり来てよかったね、おやつ食べようよ」

「本当だ、忘れていたね」

橋の横にまわって橋をながめ、持ってきたクッキーを食べた。
一缶しかないアップルジュースは三人で順番に飲んだ。
「今日は本当にハイキングみたいだね」と顔を見合わせた。
さとるが「前からの友達みたい」と言ったら、二人もうなずいた。
しばらく遊んだが、静かすぎて落ち着かなくなった。
「もう帰ろうよ」と口々に言った。
帰りは三人ならんで橋をわたった。
「リュック、じゃんけんしよう」としげさん。
「ようし、さあじゃんけんぽん！」
しげさんとさとるがあいこだった。しげさんが負けた。
さとるとまこと君は喜び、しげさんが「チェ！」と舌打ちしたけれど笑っていた。
象橋をわたって「また来るからな」としげさんが象の絵をなでた。
さとるもまこと君も「またなあ」と言った。

料金受取人払郵便

小石川局承認

6163

差出有効期間
令和6年3月
31日まで
（期間後は切手をおはりください）

郵便はがき

112-8790

105

東京都文京区関口1-23-6
東洋出版　編集部　行

本のご注文はこのはがきをご利用ください

●ご注文の本は、小社が委託する本の宅配会社ブックサービス㈱より、１週間前後でお届けいたします。代金は、お届けの際、下記金額をお支払いください。

お支払い金額＝税込価格＋手数料305円

●電話やFAXでもご注文を承ります。
電話　03-5261-1004　　FAX　03-5261-1002

ご注文の書名	税込価格	冊　数

● 本のお届け先　※下記のご連絡先と異なる場合にご記入ください。

ふりがな
お名前　　　　　　　　お電話番号

ご住所　〒　　　－

e-mail　　　　　　@

ご記入いただいた個人情報は、お問い合わせへのお返事、ご注文の商品発送、新刊・企画などのご案内以外の目的には使用いたしません。

東洋出版の書籍をご購入いただき、誠にありがとうございます。

今後の出版活動の参考とさせていただきますので、アンケートにご協力いただきますよう、お願い申し上げます。

● この本の書名

● この本は、何でお知りになりましたか？（複数回答可）
1. 書店　2. 新聞広告（　　　　新聞）　3. 書評・記事　4. 人の紹介
5. 図書室・図書館　6. ウェブ・SNS　7. その他（　　　　）

● この本をご購入いただいた理由は何ですか？（複数回答可）
1. テーマ・タイトル　2. 著者　3. 装丁　4. 広告・書評
5. その他（　　　　）

● 本書をお読みになったご感想をお書きください

● 今後読んでみたい書籍のテーマ・分野などありましたらお書きください

ご感想を匿名で書籍のPR等に使用させていただくことがございます。
ご了承いただけない場合は、右の□内に✓をご記入ください。　□許可しない

※メッセージは、著者にお届けいたします。差し支えない範囲で下欄もご記入ください。

●ご職業　1.会社員　2.経営者　3.公務員　4.教育関係者　5.自営業　6.主婦
7.学生　8.アルバイト　9.その他（　　　　）

●お住まいの地域

都道府県　　　市町村区　男・女　年齢　　　歳

ご協力ありがとうございました。

三人はのんびり道ばたの草をさわったり、木を見て歩いた。

「草の名前や、木の名前知ってる？」とまこと君が聞いた。

「あまり知らない」としげさん。

「たんぽぽやあざみ、彼岸花も知ってる」とさとる。

「たんぽぽや彼岸花は知ってた！」とまことく君も言った。

「ぺんぺん草、じゅずだま、いたどりにすみれ、すみれ……」

歩きながら三人は考え、思い出しながら言いあった。

「のどがかわいたよ、きゅうけい！」

しげさんがリュックをおろした。

「またじゃんけんして、リュック交代だ」

三人は木の根っこにこしかけて水を飲んだ。

少し残っていたクッキーとチョコレートをリュックから出した。

「理科の勉強したごほうびじゃ！」としげさん。

しげさんはすごい！　みなを楽しい気分にしてくれた。

（自然の中にいるとこんなに楽しいんだなあ）さとるは思った。

「田舎はいいねえ。自然塾に来てよかったね」

三人は本当に楽しかった。

「それじゃあ、じゃんけんしよう」

立ち上がって三人はじゃんけんをした。またしげさんが負けた。

「じゃんけん弱いね」とまことと君にいわれて、

「君たちがつよいんだよ」

と言いかえした。そしてリュックを背負った。

「でもリュックがとてもにあっているよ！」とさとるが言うと、

「そうかねえ……」と気どったポーズで二人を笑わせた。

谷川に続く道から何人かが現れた。

三人の女子とそらととはっちゃんが大声でしゃべったり、楽しかったと言った。

女子のなかに美波ちゃんもいた。

「どこに行ってきたの？」と美波ちゃんが走って来た。

「象橋だよ。橋に象の絵があってびっくりしたんだ！」

さとるが言うと、

「私見たいわ」と言った。

「明日連れてってよ」と三人が言ったが、

「明日はだめだけど、別の日ならいいよ」とことわった。

「じゃあ私達でいこうよ」

さとるは何か悪いことといってしまったと思った。

ひとりぼっちのさとる

夜の話でグループ六人の行動は明日しないことに決まった。

美波ちゃん達と象橋にいけるけれど、ことわってしまった。

朝早く起きだして庭に出た。

畑にはおじさんがいたし、寺の方では大人の声がしていた。

「おはようございます」とおじさんに声をかけたかった。

近づいたけれど言えなかった。ぶらぶらと寺のまわりを歩いてみた。

せみが鳴いているし朝の光はまぶしい。大阪の家ならまだ眠っている時間だ。田舎は自然が中心なんだなあ。都会は人間の都合で時間が決められているんだ。

そんなことを考えながら、林の中を歩いて寺にもどった。

子供達が起きだして、畑の手伝いをする美波ちゃん達がいた。

「お早う」と声をかけたが、知らん顔でふり向きもしない。

「怒っているのだ」と思った。

さとるは悲しくなってきた。元気なく部屋にもどって、顔を洗い歯をみがいた。

はっちゃんが「畑のてつだいをしようよ」とさとるをさそった。

畑には美波ちゃん達のほかにも手伝う子がいた。美波ちゃんがさとる達に、

「おはよう、ここはまにあってるよ」と手をふっている。

さとるはほっとした。美波ちゃんはおこっていなかった。

はっちゃんと食堂の方へ歩いていると「おいおい、手伝ってくれないか？」とお坊さんに呼び止められた。

二人は立ち止まったがどきどきした。

お坊さんは本堂へ上がっていった。顔を見合わせながらついていった。はっちゃんは、本堂に入るときぴょこんとおじぎをしたので、さとるもまねをした。目の前の仏様や金ぴかの道具やお花を見ると、頭を下げてよかったと思った。

お坊さんが「今日は法事があるので、ざぶとんを並べてほしいんだ」と言った。

「なあんだ、そんなことならおやすいことだ」

言われた通りざぶとんを並べ、その後ろに椅子を並べた。

「ありがとう、助かったよ」と喜んでくれた。

二人は本堂を出てやれやれと思った。ちょっときんちょうしていた。

「お寺ってきんちょうするよなあ」言いながらは食堂にむかった。

大きな楠の木の下で村上リーダーが上を見上げていた。

「リーダー何を見てるんですか?」とはっちゃんが聞いた。

「ここで昼寝をしたいのだよ。だがなあ上から下から虫に攻められそうなんだ」

「どんな虫ですか?」はっちゃんがたずねた。

「上から蚊、下からありだよ」

「どちらも手ごわいです」とさとるが言うとあははと笑って、

「そう、負けそうだからなあ。さとるも負けるか?」

「はいだから嫌いです」

三人で笑っていると「楽しそうだねえ」と谷岡リーダーが近寄ってきた。

「ここで昼寝がしたいと話をしていたのさ」

「涼しくて気持ちよさそうだね。やろうじゃないか!」と乗り気だ。

「蚊やありはどうするのだ?」

「なあに平気さ。蚊は蚊取り線香が有れば大丈夫。ありはほっとけばいいよ」

のんきな谷岡リーダーは行ってしまった。

はっちゃんも「ぼくも平気です」と言ったが、さとるはありは困ると思った。

今日は一人で小学校のほうへ行ってみようとさとるは思った。

学校は来る途中にあったから場所は知っていた。

リーダーに言うとやはり友達と行くようにと言った。

みんなは今日の予定がたっているだろう。

テレビの部屋で一人本を読んでいる男子がいた。ゆうぞう君だが話をしたことはなかった。思い切ってさとるは声をかけた。

「いっしょに遊ばないか?」「いいよ」と本を本箱に返した。

「三郷小学校へ行ってみようよ」「いいよどこでも」

小学校までそんなに遠くない。昼食までに帰ってこられる。

歩きながらいろいろな話をした。

「僕の家は神戸で商売してるんだ。街の中はやかましいしいからよく六甲山に登るんだ」

「ここに来て友達できた?」と聞くと首をふった。

「本当をいうと友達がいなくったって平気なんだ」

「今日さそってめいわくだった？」

「君とは気があうと思ったから付いて来た」と笑った。

さとるは次は象橋にさそおうと思った。

学校の近くまで来て、学校の制服を着た女の子と男の人が坂道を上がってきた。

「今日は！」とあいさつされ二人も「今日は」と頭を下げた。

「自然塾の生徒さんだね、ようこそ美山の里へ」と言ってくれた。

行き過ぎてから「きっと先生だよ。生徒を送ってきたのだろうか」と二人は話をした。

「ぼくの家族はみんな山が好きなんだ。小さい時から両親に連れられて山に行ってたんだ。夢は、登山家になることだ」と笑った。

さとるはうらやましいと思った。たけちゃんにもおどいたが、もっとおどいた。

「小学五年生で、しょうらいのことを考えるのが普通なんだなあ」

学校のグランドや校舎が見えて広々としている。

校門の前で、二人はあちらこちらと見回していたら声をかけられた。

「先ほど会ったね、この学校どうかね」と質問された。

「ぼくの学校は街の中で、この広々した運動場がうらやましいと思いました」

さとるはこたえた。

「ぼくの学校はビルに囲まれているので校庭はせまいし、校舎も三階建てです」

とゆうぞう君も言った。

「君たちは便利な都会に住んでいるからね。ここの生徒は遠い子は三キロも歩いて通っているんだよ。ぼくはここの教師だが、中に入ってみるかい？」と言った。

二人は喜んで校内に入った。登校日だったようだが生徒の姿は見えなかった。

ところが大きな声がして、三、四人の生徒が走って来た。

「どうした今頃まで！」と教師が叫んだ。

「猫が教室から出なくて、かぎをかけられなかったんです！」

「他校の生徒さんだ、あいさつは？」

「こんにちは！」とぼくたちをちょっと見てから
「せんせい、さようなら」と手をふり、かけだしていった。

先生は笑って「気をつけて帰れよ！」大声で言った。

「教室はかぎがかかっているから校内と運動場だけでも見るといいよ。君たちの学校と変わらないだろうけれど」と案内してくれた。

広い庭が公園みたいだとさとるは思った。

楠の木は大きかったし、花だんには色とりどりの花が咲いていた。

「庭が広いし木も大きくて、花だんもきれいです。ぼくの学校はもっとせまいです」

「そうだろうねえ、田舎は広々として自然だけはじまんできるよ」

先生はやさしくて親切だった。

「ありがとうございました」とあいさつをしたら、笑顔で手をふってくれた。

「急ごうよ、昼食におくれる！」ふたりは走って坂を登った。

大仏山へハイキング

毎年自然塾の行事として、大仏山へハイキングをしていた。今年も全員が参加した。

空は灰色で、雨が降ったらこまるなあとさとるは心配だった。

雑木林を行くと、登山口につながっていた。

さとるは子供らしい遊びを知らないことに気付いていた。

父母といっしょに小鳥の鳴き声は何度も聞いたし、ドライブで山にも行った。山や自然は美しくてただ眺めるだけだった。

けれど今日は楽しく遊びたかった。

休けいの時先頭にいるゆうぞう君のそばにすわった。

「やあ」「やあ」顔を見合わせ笑った。

「大仏山って知ってた？」とさとるは話かけた
「知らない。７８０メートルの低山だからなあ」とゆうぞう君。
「ぼくは山に登ったことがないから楽しいんだ」
「おれだって楽しい。どんな山でも好きだよ」

登山口に来ると、下のバスの停留所から登って来たおばさん達に出会った。
「あら？　遠足なの」と言う。
「はい、遠足みたいなものです。お先にどうぞ」と森孝男がいった。
おばさん達は「孫の年だわ、かわいいこと！」
いいながら坂道を登っていった。
「おばさん達に負けないようがんばって登ろう」
谷岡リーダーを先頭にみんなが歩き始めた。
子供の先頭はゆうぞう君、さとるはだまってゆうぞう君の後について行った。時々
谷岡リーダーがふりむき、二人に声を掛けた。

次のきゅうけいの時、後ろへ行こうと思いながらがんばっていた。

なかなか休けいしなかった。20分ほど歩いた時、リーダーが、

「そろそろ休けいしよう、さとる君大丈夫かい？」

と声をかけてくれた。

「良いペースだ。みんな無理するなよ、ゆっくりでいいんだよ」

きゅうけいが終わってさとるはゆうぞう君にいった。

「ゆうぞう君、ぼく少し後ろの方を歩くよ」

「じゃあおれもさとる君と歩く」

「ぼくは運動がにがてなんだ。ゆうぞう君を見ていると同じ五年生とは思えないよ」

さとるは本音をいった。はずかしくなかった。

「さとる君はおとなしいだけで普通だよ」と言ってくれた。

（もしかしたらこれも、スターのおかげかも知れない）

さとるが気づかない間に、少しは五年生らしくなっていたのかなあ。

歩きながら話をしていると、さとるはおしゃべりになっていた。

「ぼくに初めて友達が出来たのは今年の春なんだ。前の家の二階の屋根に、象が乗ったので、象を毎日見ていると元気が出たんだ。その話をしたらたけちゃんという子が家に遊びに来て、その象を好きになって友達になって、それでいっしょに動物園へ象を見に行ったんだよ。屋根の上の象はグラスファイバーで造ったアフリカ象で、本当に今も生きているかしこい象なんだよ。新聞にも書かれていたんだって」

さとるは屋根に乗った象の話をした。

「象が屋根に乗ったってどういうこと？」と質問された。

「前の家のお兄さんは写真家で、アフリカの動物公園で保護されていた象『スター』って名前だけれど、すごく好きになって写真集をだしたんだよ。そのスターは新聞で世界中に紹介されたんだって。アフリカの大洪水で、きせき的に助けられた象なんだ。それで（人の話が理解出来るかしこい象）スターのもけいを造って屋根に乗せたんだよ」

「さとる君はスターが大好きになったんだね」

ゆうぞう君はその話を楽しそうに聞いてくれた。

「ゆうぞう君にも見せてあげたいくらいだ」

さとるは本当にゆうぞう君に見て欲しいと思った。話しながら歩いていると坂道も平気だった。

頂上に着いたのはちょうどお昼でした。

下の村から十二時を知らせるサイレンが鳴っていた。

「へえ、サイレンが鳴るんだね」とゆうぞう君。

「田舎のおばあちゃんが言ってた、田畑や山で仕事をしていると時間がわからないからだって」


頂上の見晴らしはよかったが暑かった。はっちゃんとそらとが、

「この暑さは地ごくだ!」

「地ごくを知ってるのか?」

「知らない」

二人の会話に「まんざいをやってるみたいだなあ」と村上リーダーが笑った。

少し坂を下って木陰に入ってお弁当を食べた。

弁当箱に、ちょっと変形したおにぎり三個とたくあんと梅干しが入っていた。

塩味がきいたおにぎりはおいしかった。

ゆうぞう君も「山ではおにぎりに限るよ」

と、おいしそうに食べていた。

食後のデザートは、クーラーボックスに入れて持ってきた西瓜だった。ひときれの西瓜だったが、冷たくて食べたことがないほどのおいしさだった。

「これは天国！」「天国を知っているのか？」「知らない」

こんどはやぎちゃんとしげさんが、またみんなを笑わせた。

村上リーダーが、

「好いコンビだ。まんざい師にでもなるか」というと、森孝男が、

「村上君がリーダーでトリオを組んだらいいぞ！」と言ったので大ばくしょうだった。

「さあ下山しよう。同じ道はおもしろくないから、遠回りして花見峠を下る。出発！」

雨の自然塾

雨の音で目が覚めたのはさとるだけではなかった。こわいような雨音だった。
外は暗く夜明け前かと思ったが、六時を過ぎていた。
雨水が道を流れ、かわいい小川のようになっていた。
起きだしてみんなはそれぞれに雨の景色をながめていた。
さとるもゆうぞう君をさそって今日、象橋へ行きたかった。
雨は少し小降りになっていたが、外に出て遊べない。
みんなが「今日は退屈だなあ」と話をしている。
一人二人と部屋を出て行った。さとるもテレビの部屋で本を読もうと思った。
この雨の中、傘をさして野菜畑のまわりを歩いている。
雨降りを楽しんでいる風に見える。こんな雨の風景だって都会の子供は珍しいのだ。

大阪にもこのくらいの雨は降るけれど、森や林や谷川はない。

この雨の中を、さとるも歩いて見たかった。

朝食の後村上リーダーに散歩に行きたいといった。

「ようし、いっしょに行こう」と言ってくれた。

「ほかにも行きたい人がいれば、9時半に玄関に集まれ。レインコートがあれば着てくるように」

雨は時々小降りになった。みんな傘をさしてレインコートを着ていた。こんな山の雨降りを経験したことがない子らは、喜んでついて来たのだ。

お寺から村の方へ歩き出した。家はここに一軒あちらに一軒とはなれて建っていた。マンションに住んでいる美波は「田舎の風景は絵のようだわ」と言った。

どの家も広い庭にやさいや花が植えてあった。人の姿は見えなくて、雨の音とみんなの声だけが歩いているようだった。

道路を右にまがり、美山橋の方へ行くことになった。

「水が増えているから気をつけるように」と注意された。

谷川に近くなると水の流れる音が聞こえた。

橋のらんかんからそってのぞいた誰もが、こわいと思った。

いつもは下の方でちょろちょろと流れる静かな谷川だった。

ところが今日は、にごった水が岩も草木もかくしてしまっていた。

橋の下二メートルほどのところを、ごうごうと音をたてて流れていた。小さな谷川でも、この水量と速い水の流れに洪水の恐ろしさを知ったのです。

帰り道はみんな口数が少なかった。

「二、三日は谷川へ行くなよ」村上リーダーが言った。

都会に住んでいると自然のちょっとしたことには気付かない。

街は、人が暮らしやすいように自然から守っている。もし自然塾に来ていなかったら谷川の洪水を見ていない。自然のおそろしさを知らないままだった。

夕食はみんなと谷川の話をしながら食べた。

夕食のカレーはおかわりをしたし、サラダも美味しかった。
デザートのすいかはあまかった。いつも村の人からのプレゼントだ。
「明日もすいかだよ」とおばちゃんが大きな声でいった。
もうここに来て一週間ぐらい過ぎていたが、時々家のことも忘れていた。
夕食後はみんなでテレビの部屋で遊んだ。
「橋から五十メートルほど上流に、腰ぐらいの深さでちょっと泳げるところがあるよ」
まさあき君がみんなに言った。
谷川の水が少なくなったら行きたいと思った。
「連れて行ってよ」とさとるがたのむと「いいよ」と言ってくれた。

その夜さとるは谷川の洪水の夢を見た。
手すりにもたれて谷川を眺めていた。水は波うって美しかった。
手を伸ばし、さわろうとしたら手がすべった。

「たすけて！」と叫びたいのに声が出ない。

もうだめだ谷川に落ちる……と思ったとき目が覚めた。

びっしょり汗をかいていた。

朝食後、さとるはゆうぞう君と谷川を見に行った。

ゆうぞう君に夢の話をしたら笑っていた。

水は減っていたが、にごった水は夢のように美しくはなかった。

自然は「あぶないから近寄るな！」と言っている。ゆうぞう君と谷川は危険だと話をしながら自然塾にもどった。

今日は何をしようか？　雨上がりでむしむしする暑さだ。

「ファイトが出ないね」とみんなだらだらしていた。

勉強時間がすんでさとるは村を歩いてみようと思った。

寺の周りの木々を見ながら雑木林へとゆっくり歩いて行った。

木登りに良い木や木の下で昼寝をしたいような場所、と思いながら歩くと楽しかった。林の中に、昼寝ができそうな広い場所があった。

班のみんなに話してみよう……と大急ぎで自然塾にもどった。

「わあ、ほんとうに涼しそうだ」

「雨の後だから今日は無理だけど昼寝したいね。ゲームしたり本読んだりしたいね」

「リーダーに言おうよ」と塾まで走って帰った。

午後リーダー三人が見に来て場所は決まった。

自然の中で昼寝ができるなんて、考えたことがなかった。


夕食の後、急に「集合！」

みんなが決めた通り、勉強が出来ているかのチェックだ。

「していない者、解らなくて出来ていない者は手をあげて！」

五六人がおそるおそる手をあげた。

「できていると自信が有る者は部屋に帰ってよろしい」

いつもよりリーダーの声は大きかった。

明日の「お昼寝タイム」を前にみんな浮かれているからだった。
さとるは計画書通りスケジュールにそって、毎日一時間勉強した。
あまった時間で帰宅後の計画も立てた。
たとえば絵は「美山橋と洪水」、作文は「象橋」と決めていた。
なぜかというと来るときの車の中で、伸次兄さんに、
「日記みたいに毎日メモを付けておけよ」と言われていたからだ。
部屋に帰ってきて「スターに会いたい！」と急に思った。
窓を開ければ楠の木の上に、よく光る星が見えた。
「あれスターだ、きっとスターの目の光だ！」
さとるはそう信じた。自然塾に来て一週間以上過ぎていた。
そろそろ寝ようかと思った頃、残されたみんなが、
「全部したよ、明日は楽しみ！」
とうれしそうに部屋に入ってきた。

いつもより早くみんなが起きだした。
木にかこまれて昼寝するだけでも楽しいのだ。朝食の手伝いでやさいを運んだり、
そうじをすることも楽しかった。
朝食もおばちゃんが「ゆっくり食べなさいよ」
と言った頃にはみんながごちそうさまをした。
おばちゃんも「楽しい事がいっぱいだものね」と笑った。
勉強が終わるとみんながいっせいに動き出した。
みんな虫にさされないような服装だ。
ブルーシートを運ぶ子、バケツに水をくんでいく子と役が決まっていた。林の中
のブルーシートの場所は草がかられて広々としていた。
シートを広げるとぞうきんを持った子供達がふいた。
そうしてシートのすみに殺虫剤がまかれて準備は終わった。
友達同士好きに場所を選んでかたまって寝た。
「もっと広がって寝ろよ。くっつけば暑いだろう」

とリーダーが笑った。

さとるはなかなか眠れなかった。

あたりが静かになって、リーダー達も眠ってしまった。

それでも眠れなかった。目を開けて空を見ていた。

木の枝や葉が天井となっていたが、あちこちに青い空と光が見えた。

(きれいだ！　眠れなくても楽しい……)

こんどは目を閉じて耳をすました。

木の葉が風に吹かれてさやさや、かさこそなっている。

(おやすみ、おやすみ、おやすみ……)って聞こえる。

しばらくじっと聞いていたら、いつの間にか眠ってしまった。


「さとる君よく眠ってるね」

という声が聞こえて、その声で目が覚めた。

まだ眠っている子、リーダー二人も眠っていた。森孝男が小さな声で二人を起こした。

「よく眠ってましたね」

畑山かおりがちょっと恥ずかしそうに起きだした。最後に起きたのは、はっちゃんだった。

「健康優良児！　よく眠れるのは健康なしょうこだよ」

とリーダーが言った。

はっちゃんは頭をかいて「ぼくの長所です」と、舌を出した。

みんなが笑って静かだったお昼寝タイムは終わった。

「もう少しここで遊んでいたいなあ」

「じゃあ少しだけいいよ」

しばらくはみんながふざけたりおしゃべりしてにぎやかだった。

「さあ後片付けだ。食堂でおばちゃんがおやつを用意してくれてるからね」

谷川で遊ぶ

谷川の水はきれいになったけれど、流されてきたごみできたなかった。泥にまみれた木の枝は、水をせきとめていた。おかしの袋や空き缶が泥の中からでてきた。

「こんなにきたないとは思わなかったね」

「洪水の前はすごくきれいだったのになあ」

とさとるはがっかりした。

「ほらあの上まで水のあとがついているよ。水遊びする元気がなくなったね」

帰るまでにきれいな谷川にもどるだろうかと心配だった。

その夜また雨が降った。この前と同じような雨音だ。

谷川はまた泥水が流れているだろう。もうきれいな谷川は見られないかも知れない。

朝にはすっかり雨は上がって夏の太陽がまぶしかった。

朝食がすんで、勉強もすませた。

夕べの雨で谷川はどうなったか気になった。

さとるは一人で寺を出て村の通りを走った。誰にも出会わずに美山橋に着いた。

おそるおそる橋の下をのぞいた。

「なあんだ、水はにごっているけれど怖くないや」

水の流れは早かったけれど、水の量は少なかった。

勢いよく流れる水は生きているようだ。岩にあたって水しぶきをあげた。時々小枝や草も流れてきたが、スイスイ泳いでいるようだ。

谷川の流れは水が少ないので、にごっていてもおとなしい。

どのくらい時間が過ぎたのか、だまってきたことに気が付いた。

リーダーが心配していたら大変だと大急ぎで走って帰った。

部屋に戻ると、横になって本を読んだり、眠っている子が何人かいた。

「暑いから外にでたくないので本を読んでいた」

とゆうぞう君がおきた。

「谷川を見に行ってきたよ」さとるがいうとみんなが起きだした。

「水はにごっていたけれどすごく少なくて、全然こわくなかったよ」

「へえそうなんだ。あさってには遊べるかなあ」

しげさんが言った。

谷川の人気にさとるは気がついた。こんな遊び場は都会にはない。

帰るまでに思いっきり遊ぼうと思った。魚釣りもしたい。

谷川には子供の楽しみがいっぱいだ。

「洪水のあと、空き缶やごみがあって汚かっただろう。ぼくたちで掃除したらどうだろう？　きれいな谷川で遊びたいよ」

さとるの意見にゆうぞう君やしげさんが賛成した。

リーダーに言ってみようということになった。


昼食の前に谷川の掃除のことを村上リーダーに話をした。

「良いことだね、村の人だって喜ぶだろう」

リーダー達が話し合って昼食後みんなに言った。

「好い意見が出されました。一つは大仏山のクリーン作戦。二つ目は谷川をきれいにしよう作戦。どちらも実行したいとぼく達は思っている。君たちの考えを言ってくれないか」

しばらくがやがやと小声で言い合っていたが、

「班長意見をまとめて、まとまったところから発表！」

自然塾はもう六日残っているだけだった。

「山組、谷組に分かれよう」と言い出した。

「山と谷とに分かれて一日でやれば良いと、意見が出ました」

「それでどちらに参加したいか、希望を聞いたら良いとおもいます」

その場で手をあげ決めようとしたら、谷のほうが多くなってしまった。

「山のほうに参加しても良いという人」。手が上がらない。

「三、四人山に変わって欲しい」と森孝男がいった。

さとるは山でもいいとゆうぞう君にいった。

美波ちゃんと、かおりちゃんも山に変わるといった。

「さとる君とゆうぞう君、かおりちゃんと私の四人、山にかわります」

美波ちゃんがこたえてすぐに決まった。

「ようし、では早い方が良いので明日、大仏山と谷川をきれいにしましょう」


山組と谷組に分かれて打ち合わせすることになった。

みんなはそれぞれ食堂を出て、集合場所へ行った。

山組は寺の本堂に集まった。

全員八人とリーダー三人で、班長はゆうぞう君に決まった。

この間のハイキングで大仏山の状態は分かっていた。

「登山者の捨てたごみ拾いが仕事だと思うけれど、何か他にしなければならないことありますか？」

ゆうぞう君がみんなにたずねた。リーダーは黙って聞いていた。

さとるもしんけんに考えた。

みんなもだまって首をひねるばかりだった。時計のボンボンとなる音が聞こえてきた。

（三時！）と誰かが小声で言った。

せきばらいして谷岡光リーダーが、

「ぼくもこの間歩いて山道は問題ないと思った。ごみを拾いながら、問題点が見つかったらみんなで片付けよう」と言った。

朝からせみがはげしく鳴いていた。

山組は九時に出発した。お弁当や水をリュックに入れ背負った。

手には軍手をはめ、スーパーのビニール袋をもった。

自然塾を出たところから目に付いたごみを拾いながら歩き始めた。

紙切れやたばこの吸いがらを、袋にほうりこんだ。

山道にかかると、草の根本に土に半分かくれたコーヒーの缶や、おかしの袋があった。

ハンカチや手袋の片方の落とし物も見つかった。

道に落ちている枝や大きな石はじゃまにならない所へ置いた。

ごみ拾いもおもしろかった。

水分を取らないと熱中症になるからと休けい。

さとるは二度も大仏山に登るとは思わなかった。遠足も好きではなく、こんなに歩いたことはなかった。山に登ることが楽しいと思ったこともなかった。自然塾の十日ほどで、山歩きが楽しいことを知った。

頂上まで同じような状態だった。時々缶やびんが土にうずまっていたり、ビニール袋やお菓子の袋も見つかった。頂上も空き缶とびんやたばこの吸いがらが少しだけだった。

お腹はすいていたし、のども乾いていた。

水を飲み、おにぎりを食べるとハイキング気分になった。

「今日はハイキングじゃなかったんだ！」

とはっちゃんがみんなを笑わせた。


「ゴミは少なかったね」と谷岡リーダーは、食後草の上にごろんと横になった。

ゴミ袋はみんなの足元で、今にも風に飛ばされそうだった。

「ようし、帰りはもっとごみを拾うぞ！」

はっちゃんが元気よく立ち上がった。

「もう少し休けいさせてくれ！」

谷岡リーダーがはっちゃんにお願いして大笑いとなった。

下山道にもごみは少なかった。気になったのは子供の小さな片方の靴の落とし物だった。しかし泥だらけでごみとして処分するしかなかった。背おわれていて、気が付かなかったのだろう。

「好きな靴だったら泣いたかも知れないね」

と言いながらゴミ袋にいれた。

自然塾に帰ってきたのは二時ごろだった。

谷組のごみは山組よりずっと多かったし、みんな水にぬれたり泥だらけになっていた。

「谷川をきれいにしてきたよ」とみんな元気がよかった。

山組のごみは、谷組に比べるとずっと少なかった。

「明日、谷川で遊びたいなあ」と山組が言ったら、

「行きたい人は昼食後集まれ。ぼくが同行するよ」

と谷岡リーダーが言ってくれた。

自然塾お別れ会

自然塾最後の日が来た。

明日は家族がむかえに来る。

誰もがうれしそうで、ちょっとさびしそうだ。

さとるも父さんや母さんに会いたいと思い始めた。

二人も寂しがっているだろうなあ……

いつもと変わらない朝を、みんなは普通に過ごしていた。

でも心の中はきっとさとると同じだろうと思った。

お別れ会の時、自然塾で思ったことを発表しなければならなかった。

さとるは友達の少なかった自分に友達ができたことや、せっきょく的になりたいと話そうと思った。

授業の時だって手をあげて発表したことはなかった。
みんな大好きな友達だ。「がんばれ！」と自分をはげました。

お別れ会は二時から、広間で始まった。
入塾式の時のようにテーブルを並べて、友達同士好きに座って良かった。
さとるははっちゃんとしげさん、そらとの四人ですわった。
女子は四人ずつ前の席に座って、おしゃべりを始めていた。
「では、はじめようか……」森孝男の声で静かになった。
畑山かおりが司会を始めると、さとるは早くもきんちょうした。
「まず二度目の三人から発表してもらえますか」
まさあき、そらと、美波の順に話した。
三人とも教室で普通に話をしているようで、さとるはすごいと思った。
でもそらとはやっぱりぼくと似た性格だったようで、昨年はきんちょうしたと言った。

ゆうぞう君は「きんちょうしています」といってから、

「話をするのは今でもあまり好きではないけれど……友達だとじょうだんがいえるよ！」

と笑って言ったのでパチパチと何人かが拍手した。

終わってみんなが拍手すると、はずかしそうに自分の席にもどった。

さとるに順番が回ってきて、少しきんちょうした。

「ぼくも五年生になるまで友達はいなかったし、人に話かけたこともなかったのです。前の家の屋根に象がのるまでは。その象が大好きになって、それがきっかけで話をする友達が二人できました。又その屋根に象をのせたお兄さんとも仲良くなりました。そのお兄さんもぼくのような性格で、子供の頃この自然塾に来たそうです。そのお兄さんに自然塾を説明してもらった時、どうしても来たいと思いました。ぼくの初めての決心でした。ここに来て自分はわがままな性格だということに、気が付いたのです。何をするのも、めんどくさかったのです。好きなことも見つかりました。これからはもっと自分からせっきょく的になろうと思いました」

みんな拍手してくれた。

みんなの発表が終わって、森孝男が「さとる君好きなことってなにかね？」と聞いた。

「写真を写すことです」

「そうか、それは良かったね。楽しみを見つけたんだね」

と拍手してくれた。

スターとの約束

帰る日の朝、伸次兄さんの車に両親も乗って、一番早くやって来た。

さとるの顔を見ると、お母さんはなみだぐんでいた。

「どうだ、楽しかっただろう？」と伸次兄さんがさとるをハグした。

「元気そうだ、顔を見て安心したよ」とお父さんもハグしてくれた。

父兄は着いた順に、リーダー達から自然塾での子供の様子を聞くことになっていた。

さとるは伸次兄さんと本堂の板の間に座った。

「来て良かっただろう？　さとるの目が違っている」

「そんなに違う？」さとるはそこまでは信じられなかった。

「本心を言うと五年生にしては幼稚だとおれは思っていたんだ」

ちょっとがっかりしたけれど、自分でもそう思った。

十時を過ぎると全ての父兄が迎えに来て、十一時頃にはリーダーからの話は終わった。

父兄同士も楽しそうに話し、笑っていた。食堂はにぎやかだった。

昼食はみんなにお弁当が用意されていた。子供達は親にお茶をついだ。

さとるも、両親とその周りの人にお茶をいれた。それも、親からすればおどろきだった。

伸次兄さんがお母さんに耳打ちした。

「さとるはすごく成長したね」お母さんは、うれしそうだった。

自然の素晴らしさや楽しさを、もっともっと知って欲しいとお父さんはいった。

ほぼ食事が終わった頃、寺の住しょくがあいさつをした。

「子供達はおどろくほど成長しました。そして美山の里の良さを知っていただけましたら、今年の自然塾は終了とします。気をつけてお帰りください。又来年を楽しみに待っております」

リーダー達もみな頭を下げた。


「ねえ、象橋と美山橋の写真がとりたいんだ。帰りに行ってくれる?」と伸次兄さんに聞いた。

「ああいいよ。先に美山橋を写して、象橋から遠回りだけれどドライブして帰ろう」

喜ぶさとるに両親も笑顔だった。車で走ると象橋まで近く感じた。

象橋に近づいた時お父さんが言った。

「さとる、象橋って象の形でもしてるのか」

「父さんに説明できる？」仲次兄さんが言ったので、

「大正時代だったか橋を造った人が、象が乗っても大丈夫な橋だと、その名前を付けたんだって。この村の人達は象を知らなかったらしいけれど」

お父さんはなるほどと言って、車が止まると一番先に降りた。

さとるは橋の形が写るようにはなれて写したり、近づいて象の彫り物を写した。見れば見るほど好きになった。

「これほど立派だとは思ってなかった。すみずみまでよく見ていたねえ」

と、仲次兄さんも橋におどろいていた。

「それでは美山の里とお別れするか」

（来年又来るね）さとるは心の中でお別れした。


二週間ぶりの家は「久しぶり！」という感じだった。

こんなに長く家を離れていたことは、生まれて初めてだった。

次の朝起きたのは八時過ぎで、自然塾では朝食の時間だ。

飛び起きてすぐスターに会いに行った。スターは何も変わっていなかった。「留守にしてごめんな」と小さな声でスターに言った。

キッチンへ入っていくと、お母さんが
「よく眠れた？　お父さんは早くにでかけたのよ」

といって直ぐにパンを焼いてくれた。

テーブルにはサラダと牛乳とバナナがあった。いつも通りの朝食に、

「なつかしい！」とさとるは笑った。お母さんも笑った。

「自然塾ではいつも六時に起きていたのに、寝過ごしてしまった」

「いいじゃないの、夏休みだから」

前と何か少し違う、お母さんもぼくも。

食事がおわってから家の外に出たが、かんかん照りの太陽がまぶしかった。美山の里の朝より、ずっと暑い。大阪はこんなに暑かったんだ。見なれたビルやマンションの建物をながめた。

でも余りの暑さに、急いでに家に入った。

「美山の里はとても涼しかったよ」とさとるはひたいの汗をふいた。

そしてお母さんが洗濯物をほすのをながめていた。

「手伝うことある?」と聞いた。

「ないよ、ありがとう」


夏の夕暮れはおそい。七時を過ぎても外は明るかった。

スターはやっと太陽が沈んだ西の空をじっと見つめているように思った。そしてそのスターをじっとながめていた。

(スターは人の話がわかるかしこい象で有名だった。外国の新聞にのっていたのを写真で見た。スターはぼくの話に光を送ってくれる。きっとぼくの話を聞いてくれているのだ)

さとるは本当にそう信じていた。

「美山の里の楠の木の上の星は、スターだったよね。星の光と違ったもの、これからも話を聞いてね」

やっぱり光った。光は空の明るさに負けていたがさとるには見えた。

「さとる、お父さんが帰ったよ」と母の声が後ろで聞こえた。

降りて行くとお父さんはお風呂に入るところだった。

夕食が始まるとお父さんはビールを飲みながらいった。

「我が家の一日はどうだった？」

「大阪はやっぱり暑いよ。美山の里と比べると全然違う」

「又大阪の暮らしだよ。大阪の良いところは？」

「ええっ、何だろう……ぼくは田舎が大好きになったよ」

さとるは本当に都会の暮らしの良い点を、すぐに答えられなかった。

「大阪のよいところは、わが家とスターだよ！」


自然塾から帰ってきて次の日の午後、たけちゃんが来た。

真っ黒に日焼けしていた。

「家族で白浜へ海水浴に行ってきたんだ。はいこれ」とおみやげを渡された。

おみやげはお母さんに渡し、二人でスターを見に二階にあがった。

たけちゃんがスターに「久し振りだね」と、なつかしそうに話かけた。

「たけちゃん日焼けしたね。いっぱい泳いだ？」

「うん泳いだ。自然塾は楽しかった？」

二人はそれぞれの楽しかった話をした。

お母さんがジュースを持ってきてくれても、話は止まらなかった。

「たけちゃんもう六時だけれど、帰らなくて大丈夫？」

お母さんの声に驚いて、

「もう六時？　帰らなきゃ！　さようなら」と急いで帰った。


静かになった部屋でさとるはスターを見ていた。

「生きているスターが見てみたいな」と急に思った。

（アフリカって遠い。地図やテレビで見ると広い砂漠がある。森林や草原には可愛い動物もいるが、ライオンやトラやこわい動物たちがいっぱいだ。一番に自然動物

園へ行って、スターに会いたなあ）

心の中で言って、世界ってどんな広さなのだろうと想像した。

「仲次兄さんはすごいなあ、アフリカやインドにだって行っているだもの」

屋根の上の象「スター」はぼくの一番大切な心の友達だ。大人になったらアフリカへ本当のスターに会いに行こう。

キッチンに入るとお母さんが困っていた。買い忘れをしたらしい。

「買ってくるよ、いつものカレーだろう？」

「助かる！　お願いね」

さとるは自転車でスーパーに走った。

「早い！　とても助かったわ」

さとるが一人でスーパーに行ったのは初めてだった。

「ぼく初めて一人でスーパーに行ったんだよね。これからも行くからね」

「初めてだったかしら。またたのむね」

とお母さんの笑顔にさとるもうれしくなった。

「背も伸びたんじゃない？」

「ええ～そうかな」と笑って、さとるは二階へ上がった。

夕食の時、自然塾へ行って何が良かったかとお父さんが聞いた。

「何をして好いか解らないから、友達の行動を見て何をするか決めたの。次は自分でしたいことをさがしたら、一人ではつまらないから友達をさそったの。友達ができて、話をしたり、遊んだりしていると自分の性格の好いとこ、悪いとこが分かってきてそれが良かったと思う」

「それでは自分の性格のいいと思ったところは？」

「友達みんなを好きになったこと」

「では悪いと思ったことは？」

「決断が遅いこと」

「なるほど。友達の長所とか短所はわかったかい？」

「学校では考えたことなかったけれど、十九人で暮らしているとなんとなく解ってきた」

「どんなことを思った？」

「自分がいやなことは友達にもしてはいけないってこと。良い奴だなあって思う子は、みんなから好かれてた」

「自然塾でもみんなの前で言ったんだ。めんどくさいから何もしないようにしてたって」

「今はめんどくさいって思わないか？」

「思わないよ、お手伝いだって楽しいよ」

さとるはお父さんの顔を見て、

「お父さんと話すのも楽しいよ」と言うと、うれしそうに笑った。

その夜さとるはスターと長く話をした。

自然塾でのできごとや自分が少し成長できたこと。

「ぼく写真うつすのがすきになったよ。美山の里に象橋と呼ばれている橋があってね、とっても格好いいんだよ。その橋をうつしたとき楽しいって思ったんだ。象の絵が彫ってあるんだよ。スターほどスマートじゃなくて、ぽっちゃり太っているけれどかわいいんだ。ぼくも仲次兄さんみたいな写真家になりたいと思ったんだ」

しばらくして、スターの目が光った。

「ありがとうスター、おやすみ！」

次の朝、六時前に目が覚めた。

隣の家の木で、せみが鳴いていた。

家に帰ってきてせみの声が聞こえると、自然塾を思い出した。

スターの写真集を広げて見ていると、本当にかわいいと思った。その目が特に好きだ。

「人の話がわかるっていうけれど、目を見ているとそんな気がする」

さとるはひとり言をいった。

象は長生きする動物だから、ぼくが大人になってからでも会いに行ける。早く大人になりたいなあ、とさとるは本を閉じた。

お母さんの起きだした音が聞こえてきた。

さとるの足音に少しおどろいた顔をしたが、小さな声で「おはよう」といった。

「おはよう、お手伝いすることない？　自然塾では毎朝みんなでお手伝いしたんだよ」

「あらそう、さとるは何をしたの？」

「畑からとまとやきゅうりを取ってきたり、庭そうじもしたよ。みんなでするから楽しかった。始めの頃はねぼうする子がいたけれど」

「ふうん、みんな良い子だったんだね」

「自然にそうなるんだよ」

さとるは「花に水をやるよ」と裏口から庭に出た。

小さなうら庭はお母さんの好きな花でいっぱいだった。水やりをして草もひいた。

風鈴のような赤い花がとくにかわいかった。なんて名前なんだろうと、窓からお母さんに聞いた。

「風鈴のような花の名前何？」

「チロリアンランプよ」

小さな花が枝で、ランプのように風にゆれていた。

お父さんが起きてきた。

「さとる、入っておいで」とお父さんの声がした。

「夏休みなのに早起きだなあ、おはよう！」ときげんが好い。

「おはよう、自然塾でついたくせだよ。くせじゃなかった習慣だ！」

と言いながらさとるはテレビを付けた。

さとるは小さな声で言った。

「ねえお父さん、ぼくカメラがほしいんだけれど」

「どうして急に欲しくなったんだ？」

「美山の里で象橋を見たときから。また今、庭のチロリアンランプを見て」

「チロリアンランプって何だ？」と振り返ってお父さんが聞いた。

「花だよ、かわいい花を見て写したいなあって思ったんだ」

「気まぐれならだめだ。よく考えてからだよ」

この朝、朝食の後スターと話をしていたら伸次兄さんが窓から手を振っている。手をふると、おいでと手招きしている。大急ぎで走っていった。

伸次兄さんはお仕事にでかける前で急いでいた。

「土曜日に美山の里へ行くんだが、いっしょに行くか？」と聞いた。

行きたかったけれど返事ができない。

「夜さとるの家へ行く。その時に聞くから」

といって、出かけて行った。大急ぎ家に帰って、出掛ける前のお父さんに話をした。

「いいだろう。お母さんと決めるといい」といった。

夏休みはまだだ十日ほど残っている。作文は書いたが、絵はまだだった。

（そうだ、今日絵を書いてしまおう！）さとるは部屋にもどって机にすわった。美山橋の洪水の絵が、直ぐに頭の中に浮かんだ。

けれど書いては消し、消しては書いた。

やっと書き終わって時計を見るとまだ十時過ぎだった。

（ようし、昼食後に絵の具をぬって夕方までに仕上げよう）

と心の中で言った。


ゆうゆうとキッチンに降りて来たさとるを見てお母さんは、

「どうしたの？　すごくはりきっているわねえ」

さとるは笑って言った、「今日中に宿題の絵を書きあげるからだよ」

「そう、お昼はスパゲティーよ！」さとるの大好物だ。

夜の八時頃伸次兄さんが来た。さとるはまだかまだかと首を長くして待っていた。

お父さんは帰っていなかったが、お母さんがさとるも呼んで話が始まった。

「後期自然塾は、登校拒否の子供達のためにある。毎年一人二人登校できるようになるんだ。もう始まっているから長くはできないけれど、少しでも手伝おうと思ってね」

さとるの同行はお母さんも許してくれた。

「さとるがこれほど変わるとは思わなかったよ。甘やかされていたってことか！」

仲次兄さんは笑いながら言った。

「土曜日は早起きしろよ。六時には出かけるぞ」

「朝食は途中で食べるからいいですよ」と、お母さんにいって帰った。


土曜日の朝、五時過ぎに起きた。

日帰りなので荷物もない。うきうきして仲次兄さんの自動車の助手席にすわった。

お父さんに借りたカメラを首にかけた。

「こわしちゃだめよ」とお母さんが何度もいった。

「わかってるって！」さとるが答えると、

「親になんて口きくんだ！」と仲次兄さんに怒られた。

早朝の道路は静かで、高速道路も車は少なかった。

「気持ちいいねえ」さとるは何度もいった。

「好いだろう、おれは早朝のドライブが一番好きだ」

「ねえ仲次兄さん、カメラマンになりたいと思ったのは何才の時？」

「大学に入ってからだ。他に好きな仕事がなかったからね」

「カメラは趣味にしときな。そして勉強はがんばるんだ、特に好きな科目をね」

山道にかかると、さとるはよけいおしゃべりになった。

木や草や山を眺めていると「ねえ伸次兄さん」を連発した。

「そんなに楽しいのか？」といわれた。

三郷小学校が山の下に見えた。

「この前友達とこの小学校にきたんだよ。先生が自然塾の子だねといって校内を見せてくれたよ」

「ほう、さとるなかなかやるね」と笑った。

谷川をこえて、山道を登るとやがて美山橋が見えた。

「また来られるとは思わなかった。伸次兄さんありがとう！」

　伸次兄さんが住職と話したり、自然塾の世話人さんと打ち合わせする間、さとるは寺のまわりで遊んでいた。

昼寝をした林に入って写真を写した。もう少し奥へと歩いて行くと、大仏山に登った時通った木の橋が見えた。

「この橋が写したかったんだ」と独り言を言って三枚写した。

遠くまで来てしまったことに気が付いて、急いで帰った。

伸次兄さんが心配していた。でも何も言われなかった。

「美山の里に好きな橋が三つあったの。美山橋と象橋は自然塾の帰り写したけれど、大仏山に登るとき通った橋だけ写してなかったから、大急ぎで写してきた」

と伸次さんに話すと、「そんなことだろうと思ったよ」と笑って、

「さとるはむちゃをしないと分かっていたよ」と言った。

「あの橋の名前知ってる?」「いいや、知らない」

「じゃあ、大仏橋って名付けようっと!」


昼食を食べてから、伸次兄さんの知り合いの家に行った。

農家のようだが、静かな家だった。

「いますか、仲次です！」と玄関の戸を開けながら叫んだ。

「おう！」と小さな声が聞こえた。

仲次兄さんはうらの方へ回った。材木や竹がいっぱい積んであった。

手ぬぐいではちまきをしたおじさんがいた。

はちまきのおじさんは仲次兄さんの大学時代の先生だった。

「今年も自然塾かね、元気そうじゃないか？」

「美山にいるとお聞きしたのでおじゃましました」

と言ったのでさとるは小さな声で「こんにちは」と言った。

「さとると言いますが、先生の作品を見せてやりたくて連れてきました」

さとるはおどろいて仲次兄さんの顔を見た。

「では、ちょっとお茶でも飲もう」と先生は、さとるに笑いかけた。

家の中は木の仏像や飾り物がいっぱいあった。

「さとるはこの夏自然塾に来て、美山が好きになったらしいんです。もう少し美山の好いところを見せてやりたいと思いましてね。ダイヤさんのところにも連れていってやりたいんです」

仲次兄さんはすごく熱心に話をしていた。さとるははずかしかったけれどうれしかった。

ダイヤさんは何をするひとなんだろうと考えていた。

「さとる君は何が好きだ？」と先生に聞かれた。

少し考えて「象が好きです、動物の」と答えた。

あったかなあと言いながら持ってきたのは小さな象の置物でした。

「昔、彫ったやつだ。日の目を見て喜んでいるよ。はいおみやげだ」

と手の上に木のずっしり重い象を乗せてくれた。

「ありがとうございます」といって、仲次兄さんを見たら笑っていた。さとるはますます美山が好きになってしまった。象の彫り物はすごくかわいかった。

仲次兄さんは先生の家を出て、

「ダイヤさんのところにもよって帰ろう」といってさっさと自動車に乗った。

「ダイヤさんて何をしてるの？」

「行けば分かるよ」と象橋の方に向かって車を走らせた。

象橋でちょっと車を止めてくれた。

その橋を渡って二百メートルほど過ぎて左に曲がった。

眼下に静かな村の風景が広がっていた。田や畑が広がっていた。

「ここは三郷小学校のある村だね」

「そうだ、三郷だよ。美山と岩谷との三村が合併して三郷町になったのだ」

「そうなんだ、これから行く所は？」

「岩谷さ、美山の少し奥の方だ」

田舎道を上ったり下ったりして静かな家が並ぶ所に着いた。

大矢光林の家は古い二階建てだった。

「大矢光林・ダイヤコーリン」の表札があった。

「こんにちは！」と伸次兄さんが大きな声で言った。

「はいどうぞ、お入り下さい」と奥の方で女の人の声がした。

家に入って戸を閉めると、カーテンの向こうで「ごめんなさい、手がはなせないのよ」という言葉は少しなまっていた。

「伸次いらっしゃい、少し待ってね」

と手をふきながら出て来た。外国の女の人でさとるには年令がわからなかった。

「忙しいところをすみません。是非お会いしたくてね。」

ダイヤは書道や水墨画が好きで、母国アメリカで教室を持っていた。

何年か前から弟子に教室をまかせて、この山里で住んでいた。

「さとるといいましてね、知人の息子なんですが、ダイヤに紹介したくてね」と笑いながら言った。

「はあい、さとるよろしくね」と言ってあく手した。

伸次兄さんは、ダイヤと十年以上前からの知り合いだった。

アメリカで仕事をしていた頃ダイヤさんと知り合った。この三郷町をすすめたのは伸次兄さんだった。

「三郷町は素晴らしい所、私の第二の故郷よ。当分はアメリカに帰らないわ。だから時々さとるも遊びに来てね」と笑顔だった。

「さとる何才？　小学生ね。今夏休みでしょ、泊まっていきなさいよ」と言った。

「今日は帰らなければなりませんが、きっとおじゃまします」

と、仲次兄さんはことわってくれた。


帰りの車の中で仲次兄さんが言った。

「これからは日本だけでなく、世界を視野に入れて生きていかなければいけない。ダイヤさんのように外国で生活するのは素晴らしい。反対に大学の先生のように田舎に暮らす生き方も又すてきだ。さとるは自分に合った生き方をすればいい。そのために今は決めないで、好きなことややりたいことを考えながら遊び、勉強するといいよ」

「視野ってどういうこと？」

さとるには意味がわからなかった。

「世の中をよく見て、色々考えることかな」

二学期になった。真っ黒に日焼けした子がほとんどだった。
里見君は日焼けしていなかった。
「里見君は富士大学付属中学校を受験するんだって」と友達から聞いた。
目的に向かってがんばる里見君をえらいと思った。
さとるはまだ何の考えもなかった。
今は象のことや写真を写したいこと、田舎が好きという以外に興味がなかった。
でも、これからはしっかり考えようと思った。

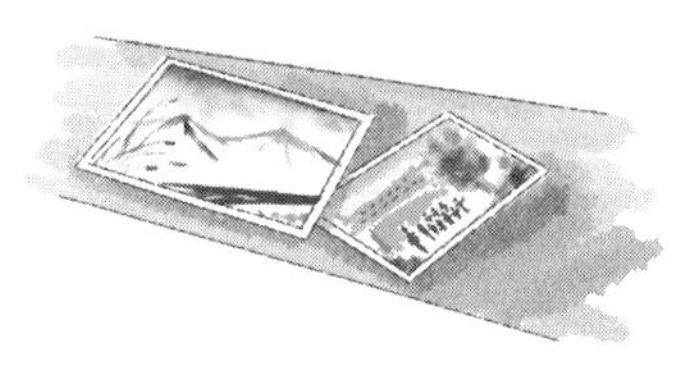

屋根(やね)にのった象(ぞう)

発行日　2023年3月13日　第1刷発行

著者　野のあざみ（のの・あざみ）

発行者　田辺修三
発行所　東洋出版株式会社
〒112-0014　東京都文京区関口1-23-6
電話　03-5261-1004（代）
振替　00110-2-175030
http://www.toyo-shuppan.com/

印刷・製本　日本ハイコム株式会社

ISBN 978-4-8096-8681-8
定価はカバーに表示してあります

ISO14001 取得工場で印刷しました